DEVX
PANEGYRICS
AV ROY.

Traduicts du Latin du Sieur de
SAINCTEMARTHE.

EDITION TROISIESME,
Reveuë & augmentée.

A PARIS,

De l'Imprimerie de Rob. Eftienne.

M. DC. XXIV.

AV ROY.

SIRE,

Les heureux succez dont le Ciel a fauorisé vos armes en toutes occasions, font aduoüer qu'il y à quelque saint & religieux mystere au soin particulier que sa prouidence, qui veille incessamment pour les Roys, a voulu prendre de vostre Majesté : Mesme depuis n'agueres qu'elle vous a garanty des perils, où vous n'auez que trop souuent exposé vostre personne sacrée, & vous a preserué des maladies, qui affligent ordinairement les grandes armées, comme la vostre ; laquelle neantmoins animée par l'auguste presence de V. M. que

la plus braue Nobleſſe de la terre enuiron-
ne, n'a laiſſé de mettre à chef diuers ex-
ploicts de guerre, qui ſeront à iamais memorables, & auec tant d'autres actions, qui
vous comblent d'honneur & de gloire, ſer-
uiront d'ample ſubjet pour celebrer la grandeur de voſtre nom immortel. Car vous
auez, SIRE, en vn moment ramené ſous
les douces & legitimes loix du deuoir des prouinces entieres, & plus de quatre vingts
villes & places qui ſ'en eſtoient eſloignées,
pardonnant genereuſement à celles qu'vn
bon deſtin ſouſmit à la diſcretion de V.M.
& battant & emportant de force les autres
à qui les vaines & nouuelles fortifications
donnerent l'audace d'attendre le foudre de
voſtre iuſte courroux, & entre autres
Monheur, dont le ſiege & la priſe ſe peut
dire entierement voſtre, pour ce que voſtre
Majeſté ſeule y voulut porter tout le faix
d'vne ſi honorable fatigue : & cela fut
cauſe que ceſte ville grandement forte ſe veid

reduicte fous vostre pouuoir, SIRE, en peu
de temps, & encores en la plus aspre rigueur
de l'hiuer, qui pour l'heure arresta le cours de
vos faicts glorieux auec celuy de l'année,
afin de continuer en la suiuante les genereux
desseins qui vous promettoient encor mille
nouueaux trophées. Et de vray ces hautes
esperances ont esté heureusement suiuies de
leur effect: principallement lors que les rebelles se mirent aux champs dans le Poictou
soubs la faueur du Printemps, de la Mer,
& des lieux aduantageux & presque inac-
cessibles, où ils s'estoient retirez. Mais on
veid lors V. M. sans autre aduantage que
celuy de la iustice de ses armes, & de sa va-
leur nompareille, vaincre & dissiper auec
autant de diligence que de generosité, ce grād
amas, par vne desfaite si entiere & si admirable, qu'elle ne se peut assez dignement
exprimer: L'euenement fauorable de ceste
victoire signalée fut encor particulierement
vostre, SIRE, & fut grandement remar-

ă iij

quable en ſa ſuitte par la repriſe de beaucoup de villes , & par la reduction entiere de
toute la Guyenne & du haut & bas Langue-
doc; Où Montpellier reſſentit la vertu de
voſtre preſence en ſon eſtonnement, les effets
de voſtre prudence en la conduite d'vn ſiege ſi
memorable, & la grandeur de voſtre courage à rompre & mettre en fuitte vous-meſmes
le ſecours des ennemis. Ceſte ville heureuſe en
ce point, qu'elle ſ'eſt veuë en meſme temps
l'object de voſtre iuſtice & de voſtre miſeri-
corde, ſe pourra vanter d'auoir non ſeulemēt
flechy voſtre cœur Royal au pardon ; mais
encor' qu'attirant à ſon exemple toutes les
autres, elle eut l'honneur de voir voſtre main
victorieuſe & pacifique planter ſur ſes murailles le Laurier & l'Oliuier tout enſemble:
& en fin ce fut-là, que V. M. voulut par-
donner aux Rebelles, & donner la paix à
toute la France, laquelle veid meſler parmy
ſes acclamations de ioye les bonneurs que ſa
Sainctété & les Princes eſtrangers vous ren-

dirent, lors que, comme le Soleil, qui tour-
nant l'Vniuers redonne la lumiere & la vie à
toutes choses, vostre Majesté faisant aussi le
tour de son Royaume, a redonné par la force
de ses rayons la vigueur à ses iustes loix, le
lustre & la splendeur à la dignité Royalle,
& le repos à tant d'ames qui ne viuent &
ne respirent que par elle & pour elle. Ce qui
fait dire à toute la France auec vne ioye incroyable, qu'elle reuoit encore HENRY LE
GRAND en la personne de LOVIS LE
IVSTE; que tant d'excellentes vertus esle-
uent comme à l'enuy par dessus tous les plus
grands Monarques du Monde; Vertus
vrayement Royalles & Diuines, dont ie
m'efforce d'ennoyer de rechef l'esclat & l'e-
xemple aux terres plus esloignées, & la memoire & l'admiration à la posterité; Si la
foiblesse de ma plume peut atteindre au point
d'vn subjet si releué. Ce que i'ay creu n'estre
desagreable à vostre Majesté, puis qu'elle
a cy-deuant daigné recueillir d'vne fauora-

ble main ces Panegyriques, que i'ay ofé
luy confacrer, & m'en commander la fuitte & la verfion : Auffi ne puis-ie mieux
employer les iours de ma vie, qu'en tefmoi-
gnant par toutes fortes de deuoirs & refpects
que ie fuis,

De V. M.

Tres-humble & tres-fidelle fubject
& feruiteur,
ABEL DE SAINCTEMARTHE.

PREMIER
PANEGYRIC
AV ROY.

Traduit du Latin du S^r DE SAINCTEMARTHE.

E iour certes a esté remarquable, & salutaire à toute la France, auquel le Tres-Chrestien Roy Lovis XIII. ne plus ne moins que le flambeau du Ciel, tout resplendissant de lumiere, a heureusement lui sur nostre horison: pour accroistre l'esperance de la plus illustre Famille du monde, au soulagement du Royaume le plus puissant, & à la memoire eternelle du plus noble Nom qui soit: Et neantmoins le bon Genie de l'Estat, a voulu par vne benigne conspiration des Astres, qu'en la premiere fleur de son âge, plusieurs mouuemens se soient excitez, entre-meslez des ioyes de la paix & du repos, à ce que la vertu d'vn Heros si genereux, & la grandeur de son esprit, quoy qu'agité de diuers orages, ne se relaschaft pourtant ou rompist en façon quelconque, mais se releuast d'autant plus, auec les ans: Estant certain, que celuy que la bonne Fortune a rendu prudent & sage dans

A

les prosperitez, ou la Vertu, patient & magnani-
me dans les aduersitez, est à bon droict estimé
auoir atteint le sommet d'vne vie bien-heureuse.
Il est né au commencement d'vn nouueau siecle,
& de son naturel doux & fleurissant, tout ainsi
que de l'amiable temperament de la saison nou-
uelle, la France a attendu des rapports, & vn
accroissement à l'aduenir, de toutes sortes de
biens en abondance. A l'instant de sa naissance,
en la Maison Royalle de Fontainebleau, quelques-
vns sçauans en l'Astrologie, apres auoir consideré
le concours fauorable des Astres, ont à l'heure
mesmes dit de luy plusieurs choses grandes, heu-
reuses & souhaitables par les vœux communs de
tous les François. HENRY LE GRAND, &
MARIE DE MEDICIS tres-puissans Princes,
ont donné l'estre à ceste vie admirable; & le iour
qu'il a esté laué dans les sacrez Fonts du Baptesme,
le nom de S. LOVIS son grand Ayeul, luy a esté
donné par l'Illustrissime Cardinal de Ioyeuse, de-
legué pour cét effect par le souuerain Pontife
PAVL V. De sorte qu'il n'a peu naistre plus
noblement, estre baptisé plus sainctement, ou plus
dignement nommé; & de là encor tous les biens
tant de l'esprit, que de la Fortune, qui peuuent
venir du bien-faict de Dieu, & des plus fauorables
destins des hommes, sont diuinement escheus à ce
grand Prince. Il est issu d'vne Maison tres-auguste,
voire tellement ancienne, & florissante depuis mil
ans, que sans interruption de masles, elle a de
bien loing surpassé les autres Royalles & illustres
familles du monde, lesquelles toutes, ou se sont
entierement perdues depuis vn si long temps, ou
sont grandement décheuës de leur premier lustre.

Vne terre par deſſus les autres feconde & fertile l'a
eſleué, c'eſt à dire la France, qni comme vn autre
Monde eſt ceinte & remparée par le benefice de
Nature, d'vn coſté des Alpes & des Pyrenées, de
l'autre du Rhein & de l'Ocean ; tellement qu'il ſe
peut dire que le plus fleuriſſant diadeſme de l'Europe luy a eſté deſtiné & conſerué tant par le
droict de naiſſance, que par l'inuiolable loy des fa-
talitez. Auſſi eſt-il vray, que la ſplendeur de ſa
grace eſt iuſques là brillante, qu'il porte ſur ſa face, l'image d'vne diuinité capable de commander: remarquable, par la fleur pourprée de ſa ieu-
neſſe, & par ſon apparence toute excellente &
majeſtueuſe, laquelle ordinairement a vn Empire
tres-puiſſant ſur les eſprits des hommes. Son
corps eſt ſi fort, & ſi bien compoſé, qu'il ne peut
eſtre attenué ny par le chaud, ny par le froid, ny
par la faim, ny par les veilles, ny par quelque peine
que ce ſoit : impatient de repos, il ſ'eſt fortifié
dans les exercices, & accouſtumé par ce moyen,
à tromper l'oiſiueté dans la continuation des tra-
uaux ; d'où vient que le manege, les armes, la
chaſſe, la volerie, & encore l'eſtude des Mathema-
tiques & de l'Hiſtoire luy ont touſiours pleu. Et
quand auec le temps, il eſt paruenu à l'âge, qui
ſembloit eſtre capable de plus grand labeur, il n'y
a aucun art digne de Capitaine, aucune charge
ou faction de guerre, qu'il n'ait affectueuſement
embraſſé, comme ſes plus cheres delices ; cueillant
par ces exercices aſſidus, non vn fruict douteux de
victoires, mais des victoires toutes certaines, &
deſtinées par la prouidence de Dieu. Et luy ont
ces dons du corps, & de Nature, preparé tant
d'excellentes parties en l'eſprit, qu'il ſemble que le

Ciel n'a iamais esté plus liberalement fauorable à
pas vn autre. En ses plus tendres années, il a
respiré vn haut & grand courage, conceuant auec
ardeur les commencemens de la gloire, & de la
vertu, soubs les instructions des grands personna-
ges, qui d'vne main sçauante ont conduit sa ieunesse, si qu'en peu de temps, & non sans merueilles,
il a remply son esprit de toutes les vertus dignes
d'vn courage Heroïque : Ils ont trouué en luy
vne memoire incroyable, vn entendement vif,
éleué à toutes choses hautes; bref, n'ont recogneu
en ce chef-d'œuure heureusement formé par les
mains de la meilleure Nature, rien qui ne fust
grand, & veritablement Royal. Ce qui encor a
paru d'auantage, quand il s'est auancé dans les ans;
parce qu'en vn instant on a veu reluire sur son
front vne prudence & majesté merueilleuse, vn iu-
gement incroyable, & vne force singuliere d'esprit,
qui n'a deceu l'attente que l'on en auoit; estant
certain que le cours de la vie depend ordinairement de l'education de la ieunesse, par le moyen
de laquelle la coustume, qui se prend en cét âge
de bien faire, se conuertit en nature, & fait que la
vertu mesmes, va croissant & s'augmentant auec
le temps. Mais quand les impitoyables & cruels
destins nous ont par vn parricide execrable enuié
le Grand HENRY son Pere, mais plustost le Pere
de la Patrie, mais plustost le Pere de toutes les nations de la terre, & que ses larmes estans à peine
arrestées, il a esté salué Roy, parmy les acclama=
tions de son peuple, & sacré à Reims en la presence
des Princes de son sang, & autres Seigneurs, alors,
par le conseil de sa tres-sage & tres-illustre Mere,
& des Grands du Royaume, il a heureusement

temperé toutes chofes : Arbitre qu'il a efté des
differents de Iuliers, il les a efteints. A auffi affou-
py les mouuements naiffans en fon Royaume. Et
ayant conuoqué, par l'aduis du tres-genereux
Prince Monfeigneur le Prince de C O N D E', les
Eftats generaux pour pouruoir aux miferes, & ca-
lamitez de fon peuple, les a benignement receus,
& conduits à leur fin. S'eft dans fon Parlement, y
feans les mefmes Princes & Seigneurs, & felon la
couftume ancienne, declaré majeur de quatorze
ans par Edict folennel, fuiuy d'autres pleins de
Saineteté, de Iuftice, & de Pieté, qui à l'inftant
mefmes ont efté publiez, & qui à l'entrée de fon
regne, l'ont rendu glorieux, & digne de toutes
fortes de loüanges. A de plus rendu compagne
de fon lict & Diadême, la tres-illuftre Princeffe
A N N E d'Auftriche, (du mariage defquels naiftra
vne race qui commandera l'Vniuers;) Et encores a marié fa tres-chere Sœur au Prince Catholique des Efpagnes. Mais la France bruflant de
rechef de nouueaux feux de guerre ciuile, comme
L O V I S a commencé de prendre le gouuernail de
fon Empire, combien admirablement a-t'il fait
paroiftre par tout, fa Vertu, fa Iuftice, fa Pieté?
principalement lors que par les exhortations fidelles de Monfieur le Duc de L V Y N E S, il a
fait à Roüen l'affemblée des Notables, à fin de
pouruoir plus heureufement aux affaires de l'Eftat;
la prefence d'vn bon Roy, les exhortant d'elle-
mefmes, à prendre foing de ce qui alloit au falut
public. Pendant ce temps, les troubles feftans
encor efteints & affoupis, il a comme feul Arbitre
entre les Princes Chreftiens, compofé les differents
meus entre Ferdinand Roy de Boheme & la Re-

publique des Venitiens; entre le Roy d'Espagne,
& le Duc de Sauoye, & donné sa seconde Sœur au
Sereniſſime Prince de Piedmont : Et tout cela
neantmoins l'a ſi peu detenu dans les affaires de
dehors, qu'il n'a laiſſé quant & quant de pouruoir prudemment & auec diligence, à celles du
Royaume : A premierement renouuellé les vieilles
alliances des Princes & Republiques eſtrangeres:
A voulu que les Edicts accordez à ſes ſubjects de-
uoyez de la Religion ancienne fuſſent obſeruez:
A tellement choiſi ou les Princes, ou les Prelats,
ou les Miniſtres plus capables de l'Eſtat, qui doi-
uent faire les charges des armes, de la iuſtice, des
finances, ou des ambaſſades; qu'il ſeſt touſiours
monſtré tres-ſoigneux & iudicieux enſemble en
la cognoiſſance & au choix des hommes plus
excellens : A d'vne admirable prudence, compoſé les querelles & contentions excitées entre
les plus illuſtres familles; & honoré de ſa bien-
vueillance & faueur, non ſeulement Monſieur,
ſon F R E R E vnique, Prince conſiderable entre
autres parties par les dons excellens de ſon eſprit,
par la beauté de ſon viſage, & par la vigueur qui
reluit en luy, mais encor' tous ceux qui ont l'honneur d'eſtre de ſon ſang : Et, ce qui meſmes au-
iourd'huy eſt rare en vn Prince, a touſiours eſti-
mé & chery les hommes remarquez par les ſcien-
ces, ſe rendant admirable ſur tous ceux de ſon
âge, par la liberalité qu'il exerce en leur endroit.
Et n'a ce tres-bon Prince, moins merité de loüange par ſes ouurages publics, ayant leué iuſques au
Ciel pluſieurs Temples magnifiques, fait baſtir
des Ponts, & Aqueducts de merueilleuſe ſtructure
& commodité: Il auoit auſſi reſolu la conionction

de l'Ocean auec la mer Mediterranée, ſi les nouueaux mouuemens ſuruenus, ne luy euſſent ſuſpen-
du vne tant loüable propoſition: ſemblable en
cela aux Roys d'Egypte qui vouloient ioindre les
mers d'Orient à celles d'Occident: à Iules Ceſar,
qui vouloit marier l'Egée auec l'Ionique: à Char-
lemagne, qui le Rhein auec le Danube: & au
Grand François I. qui, la mer d'Aquitaine, auec
celle de Narbonne: ſi retenus de guerres & autres
affaires importans qui leur ſuruenoient, ils n'euſſent intermis ces ouurages veritablement dignes
d'vn Roy; deſquels face le Ciel que la gloire entiere en ſoit reſeruée à noſtre Lovis. Bref, il a
fait conſtruire de ſes liberalitez, pluſieurs edifices
qui regardent la commodité des citoyens, l'orne-
ment des villes, & meſme la ſeureté des frontieres
du Royaume: & ainſi par tant d'excellens ouurages a laiſſé la memoire de ſon nom eternellement
conſacrée dans la poſterité. Mais de combien
grand interualle, ce qui va à la Pieté, à la Iuſtice,
& aux mœurs, paſſe-t'il ce que nous auons dit? Il
ſert Dieu d'vne tres-grande deuotion, & le commencement de ſes actions, eſt touſiours l'inuoca-
tion de l'Eternel, à fin que ſes entrepriſes ſoient
ſecondées d'vne diuinité propice: Il honore la
Iuſtice par deſſus tous les mortels, & n'a iamais
ſouffert que les bons, ou les innocens fuſſent con-
damnez par la rigueur des iugemens, non plus que
les coulpables, abſouls par la molleſſe des Loix: Il
a renouuellé les Edicts contre les duels, & ſoubſmis
à la peine ceux qui les ont outrepaſſez, de quelque
qualité ou condition qu'ils ayent eſté: d'où la
crainte a tellement paſſé dans l'eſprit d'vn chacun,
qu'il ne ſ'en trouue preſque plus en France, qui ſe

porte à telle barbarie : Il a fait l'Edict des habille-
mens, auquel, le premier il s'estoit astreint, &
subsisteroit encor cette ordonnance tant vtile &
necessaire, si l'iniure des guerres, n'eust fait vne
playe à la Loy, laquelle neantmoins en peu de
temps sera guarie : Pour les assassinats, & autres
crimes qui ne se peuuent souffrir pour leur atroci-
té, il a voulu constammét, que toutes remissions &
abolitions en fussent refusées : Il a ramené les peuples corrompus par l'impieté des guerres, à la douceur, à la paix, & à vne plus saincte discipline : Il n'a
iamais poursuiuy ceux mesmes qui l'ont offensé,
par vne seuerité de vengeance ou de chastiment : Il
a vsé de tant de moderation, & d'humanité, soit e
gouuernant l'Estat, soit en rendant iustice, qu'i.
en a rapporté vne gloire singuliere, dans toutes
les compagnies, & prouinces. Son courage ne
respire rien de bas, ou de remis : rien ne luy est
eschappé sans y penser ; &, ce qui est admirable
en son âge, il est tres-couuert en ses secrets, tres-
prudent en la resolution de ses conseils, & tres-
heureux en leur execution : Il est agreable à tous,
& par sa magnificéce incroyable, & par son illustre
ingenuité, & par sa courtoisie mesme, laquell'
vaut merueilleusemét pour gaigner les affectiens:
Bref, n'y a iamais eu Prince (que l'on les repa T
en la memoire depuis long temps) qui ait esté plus
auguste, & plus puissant en pieté, iustice, force, &
grandeur d'Empire, comme celuy qui n'a rien de
plus recommādable que de bien meriter de l'Estat
& de la Religion ; ayant mesmes obtenu du S. Pere, que le iour de sainct L o v i s fust d'ores en
auant festé & celebré par l'Eglise, tant l'heureuse
memoire de ce Prince Sainct luy est perpetuelle-
ment

ment en l'efprit. Mais comme par vn foupçon
quelques-vns des Grands du Royaume fe fuffent
perfuadez, qu'ils auoient raifon de fe retirer d'au-
pres de fa perfonne, & que tout le môde craignoit
qu'vne guerre fi redoutable en apparence, ne per-
dift l'Eftat, il n'a point trouué de chemin plus
court, pour le falut, que la celerité, & par ce
moyen a rencôtré l'occafion tres-opportune pour
paracheuer vn fi grand affaire; eftant certain que
la promptitude des côfeils preuaut dans le doubte
des dangers; comme au contraire les longueurs
& retardements font bien fouuent éuanoüir les
victoires : Et c'eft pourquoy par les confeils du
tres-belliqueux Premier-Prince du fang, Monfeigneur le Prince de C o n d e', & de Monfieur le Duc de Luynes, il a incontinent ar-
mé : & vfant de leurs armes fidelles , & de
celles des autres Grands, qui font accourus pres
de luy, mefmes apres auoir laiffé à Paris la Reyne
fa tres-augufte compagne, à laquelle il a donné
Monfeigneur de S i l l e r y, tres-illuftre Chan-
celier de France & de Nauarre, pour confeil, &
auec luy bonne partie des Seigneurs de fon Confeil, à fin de pouruoir exactement aux affaires, par
vne vigilance foigneufe, dans la principalle & plus
importante ville du Royaume : Il f'eft mis au deuant des ennemis plus vifte que le foudre, eftouf-
fant d'vn courage hardy vne guerre naiffante, &
remettant toute la Normandie & autres Prouinces, où il a porté fes armes, en fon obeïffance ;
tant ces confeils pleins de prudence & d'vtilité,
ont promptement ferené la face des affaires, &
donné par tout vne feureté non attenduë. Mais
lors, combien de fois f'eft-il defrobbé des fiens,

B

& courageux a-t'il mefprifé dans les tranchées
mefmes, les grefles d'arquebufades qui eftoient
tireés des murailles ennemies, pendant que chacun, foigneux & en peine, tomboit à genoux pour
le deftourner d'vn peril, doux à luy qui le fubif-
foit, mais grandement à craindre pour tous fes
peuples? Combien de fois f'eft-il leué de nui&
pour pouruoir à fon armee, & euiter les furprifes
des ennemis? Combien de fois content d'vn court
fommeil, & ce d'vn labeur infatigable, eft-il de-
meuré dix-fept heures entieres à cheual? Il eftoit
d'ailleurs fi courtois, & de tant heureufe memoire, qu'il n'auoit homme de guerre en l'armee,
qu'il n'appellaft par fon nom, parlant aux vns &
aux autres auec toute forte de familiarité: foula-
geant les malades & les pauures auec pareille douceur, & recompenfant de prefens & d'honneurs,
ceux qui les auoient meritez. Faifant les factions
militaires, fa contenance foldatte, fon vifage Mar-
tial, & la fplendeur de fes armes eftoient feules
fuffifantes pour le faire remarquer: Il marchoit
par les rangs, flamboyant comme vn ieune Mars,
& la grace non-pareille de fa vertu guerriere,
brilloit ne plus ne moins qu'vn efclair du Ciel:
Auffi la fortune ne luy a-t'elle manqué eftant fi
vaillant & hardy: Elle luy a, riant à fes commencemens, donné la victoire, laquelle eftant autres-
fois negligee de ceux qui temporifoient inutile-
ment, ne leur laiffoit que des plaintes vaines, pour
en accufer les deftinees. Il a trouué les villes du
confentement de tous les peuples, tres-deuotieufes
à fon feruice, fans factions, & paffionnément con-
ftantes à ce qui eftoit de leur deuoir. A re-
cueilly fa tres-chere Dame & Mere auec amitié,

honneur, & refpect, luy ayant auparauant en-
uoyé Monfieur le Duc de Luxembourg pour ne
laiffer efcouler en ce fubject aucun deuoir de pieté. Bref, comme n'y auoit ny mifere ny calamité
que les gens de bien ne craigniffent pendant la
guerre, ou que les mefchans ne defiraffent ou
n'attendiffent auec paffion, il a vfé d'vne telle
dexterité, en l'accommodation des mouuemens,
& d'vne felicité fi grande, qu'il a remporté loüange & honneur d'vne guerre, de laquelle fon âge
permettroit à peine qu'il fut le fpectateur. Les
guerres mifes à fin par Cefar Augufte, & noftre
Charles le Sage, leur eftoient racontées: mais pour
le noftre, toutes chofes ont cedé à la prefence de
fa diuinité, & au bon-heur de fes armes : Mettant
au furplus vne telle opinion de fa clemence, &
iuftice, dans l'efprit des hommes, qu'il en a plus
reduit à leur deuoir par la douceur, que par la vio-
lence des combats; aimans mieux les vaincus fubir
les loix equitables d'vn accord, qu'efprouuer les
extremitez d'vn peril menaçant : Ainfi la Fortune
a t'elle toufiours affifté fon innocence & fa vertu,
ayant en peu de iours efteint le tumulte qui com-
mençoit, auec les eftincelles qui reftoient des guerres paffées; & mefprifé iufques là, mais en faueur
du public, les mefcontentemens par luy receus,
qu'il a fait publier par le loüable & genereux aduis
de Monfeigneur Dv Vair Garde des Seaux,
l'Edict falutaire d'Amneftie, qu'on voudra dire
plus doux qu'il ne falloit, eu efgard à la feuerité
dont on y eut peu proceder; mais tres-vtile, fi
l'on confidere l'honneur & le falut de l'Eftat : En
fin il f'eft comporté de forte, que pas vn n'a penfé
eftre vaincu foubs vn tel vainqueur. Et ne faut

obmettre cette solemnelle ambassade de Monsieur le Duc d'Angoulesme, & autres personnes
de qualité vers les Princes Allemans, importante,
de tres-grand poids, & qui en peu de temps, ces-
sant le malheur, donnera repos à tout le monde
Chrestien, au grand honneur du nom François:
si que tant & tant de peuples, qui auront heureusement experimenté le pouuoir & l'authorité d'vn
si puissant Empire, accourront de toutes parts,
pour bastir à nostre Roy tres-Chrestien, vn monu-
ment de gloire qui ne perira iamais: Et neantmoins confessons auec verité, qu'il n'a iamais rien
entrepris de plus glorieux, ou de plus illustre, que
lors que tout couuert de Lauriers, & de Palmes,
entré qu'il a esté par vne admirable celerité dans
le Bearn, il y a mis heureusement à fin ce que le
Grand HENRY auoit solemnellement promis
au souuerain Pontife, lors qu'il fut receu au giron
de l'Eglise, & qu'en cette consideration mesme il
auoit cy-deuant tenté: y a restably l'exercice de
la Religion; Esleu des hommes prudens & pieux,
pour instruire les habitans en la Foy Catholique:
y a rendu les reuenus des Eglises (diuertis à vsa-
ges particuliers) aux Prelats, ausquels ils apparte-
noient; &, ce qui importoit grandement à vn
chacun d'eux, les a mesmes liberalement deschar-
gez & soulagez par la prouidence de Monsieur
de Schomberg Surintendant des finances. Tout
ce voyage heureux, n'a rien esté autre chose,
qu'vn cours perpetuel de gloire & de victoires;
estimant ce grand Prince, qu'il importoit & au
bien de la France, & à l'honneur de sa Majesté
sacré-saincte, qu'vn affaire de si grand poids, ayant
long temps & beaucoup de fois esté agité, & des

puis refolu, fut en fin accomply à l'aduantage &
accroiffement de la Religion Chreftienne: Et ne
croy pour moy, apres auoir repaffé en mon efprit
les grands faicts tant des anciens que des der-
niers Roys, que rien f'y puiffe rencontrer depuis
plufieurs fiecles, ny fi pieufement, ny fi fortement
fait, eu efgard à la Majefté d'vn fi grand Empire:
fe pouuant attribuer à miracle, que ces peuples,
auffi toft qu'ils ont fceu la venuë du Roy, font fortis du creux de leurs montagnes pour le voir en face: Apres vne fi longue priuation de la veuë de
leurs Princes, il leur a femblé & plus beau qu'homme mortel, & encor plus refplendiffant, par la
prime-vere de fon âge: ne plus ne moins que le
Soleil enuiron l'equinoxe du Printemps, a couftume de naiftre de l'efpaiffeur des tenebres, & paroiftre plus clair & plus luifant aux peuples Hyper-
borées, apres auoir efté priuez de fa lumiere par vn
long temps: Cependant ceux qui fuyans le peril
imaginaire de la mort f'eftoient refugiez dans les
Pyrenées, font fortis de leurs caches, au bruit de la
clemence & douceur de ce Prince, qui ja vaguoit
dans le païs, ont commencé à le feruir & l'admi-
rer; & par ce moyen les mouuemens fe font appai-
fez, & fi grand nombre d'efprits martiaux & bel-
liqueux fe font addoucis, & portez à demander la
paix; tant la Religion qu'ils ont recogneuë comme
née en vn fi grand Prince, le rendoit Auguſte &
venerable. Il a reftitué en la prouince, l'vfage &
les ceremonies de la faincte Eglife Catholique &
Romaine, & pour vne grace fi finguliere receuë
de Dieu, a ordonné des Proceffions publiques,
aufquelles il a voulu que le fainct Corps de noftre
Seigneur fuft porté: y a deuotieufement affifté; a

de plus commandé que les Temples fuſſent re-
conciliez, de ſorte que les peuples ayans veu tant
de pieuſes, & deuotes ceremonies, il y en a d'entre eux, & en bon nombre, qui ont embraſſé la
Religion Catholique, & comme rauis en admiration ont en fin commencé à ſeruir Dieu comme
il faut, & à la façon des anciens. Il a de plus, & de
leur conſentement, ioinct les Royaume de Nauarre, & Principauté de Bearn à la Couroñne : & ainſi
par la grande merueille des vœux publics, tels eue-
nemens proſperes, ont reſpondu aux ſages con-
ſeils, & auſpices de ſa Majeſté Royalle, rempliſſant
en quelque endroict qu'il allaſt, toutes les nations,
d'amour, d'admiration, & de veneration enuers
luy. Heureuſe expedition qui a eſté entrepriſe
non pour le faſt, ou l'ambition, mais pour la ſeule
gloire de Dieu, & accroiſſemét de la foy Chreſtienne ! Heureuſe qui a eſté acheuée pour l'auctorité
du tres-ſainct Siege, & pour la Majeſté du Royaume ! En vn mot, heureuſe entrepriſe, puis qu'elle
laiſſe vn honneur immortel au Roy, vne paix ſalu-
taire aux peuples, & vne perpetuelle loüange de
prudence aux Princes & Miniſtres de l'Eſtat. Ie
vous ſaluë donc, ô fleur des Roys, eſperance cer-
taine de voſtre peuple, l'honneur du monde, & le
ſouſtien de la foy Chreſtienne, qui ne reſſemblez
ſeulement à voſtre pere le Grand HENRY, mais
le ſurpaſſez de beaucoup, l'ayant rendu voſtre in-
ferieur, par la grandeur de vos vertus, & de voſtre
fortune. Si voſtre Pere a conquis par ſes armes,
vn Empire, qui luy appartenoit de droict & de
ſucceſſion ; Vous l'auez non ſeulement conſerué
par armes, mais meſmes l'auez liberé d'vne diſſi-
pation menaçante, rompant & deſliant toutes

ligues & affemblées clandeftines. S'il a plufieurs
fois combattu contre les Efpagnols, Flaments, &
Sauoyarts, & en la France mefmes; Vous, auez
mis vne telle frayeur dans l'efprit de ces eftran-
gers, que mefmes voftre Pere mort, & vous en bas
âge ils ont ambitieufement recherché voftre al-
liance. Voftre Pere n'a iamais fçeu porter fes armes hors du Royaume; Vous au contraire, les
auez porté dans les Nations eftrangeres, auez donné la loy à l'Italie, à la Sauoye, & à l'Allemagne, &
contraint de fubir telles conditions de la paix, que
vous auez iugé iuftes & legitimes. HENRY LE
GRAND n'a iamais entrepris cet affaire difficile
& enueloppé de Bearn; Vous au contraire, quelque laborieux & fafcheux qu'il fut, l'auez prudemment commencé, & plus heureufement paracheué. Voftre Pere n'a iamais peu refrener par la
force des Loix, quoy qu'il en euft defir, cette execrable & opiniaftre manie des Duels; Et vous, l'a-
uez arreftée de forte, que les Edicts que vous auez
fait publier fur ce fubject, font demeurez fermes
iufques à prefent, fans qu'aucun les ait ofé violer,
que celuy qui en a voulu courre la fortune, de
l'honneur & de la vie, par la condemnation de ce
grand & incorruptible Senat. Voftre Pere à peine,
pour le malheur du temps a-t'il peu contenir les
foldats, dans vne difcipline legitime : & en vos armées, on ne void infolence quelconque de gens
de guerre, voleries aucunes, nuls violemens, nul
incendie; Bref, il femble qu'au milieu des armes
ils ioüiffent d'vne paix libre & profonde. HENRY
LE GRAND compofant les guerres de la Ligue
a accordé aux ennemis telles conditions de paix
que bon leur a femblé; Et vous au contraire

auez donné aux ennemis, telles loix qu'il vous a pleu, gardant en cela l'honneur de la Maïesté Royalle. Voftre Pere a compofé vne feule guerre ciuile; Et vous, par vne vertu extraordinaire auez appaifé plufieurs & diuerfes tempeftes de guerres ciuiles. Luy, par effufion de fang, & par vn long efpace d'annees, a efté comme contraint de confumer fes ennemis; Vous, au contraire, vfant de celerité, & auec peu de fang & de ruines, auez remporté des voftres, vne victoire infigne. Voftre Pere a certainement commencé plufieurs grands & merueilleux ouurages; Mais vous les auez parfaits; & outre en auez commencé, conduit, & paracheué plufieurs autres dignes d'immortalité. Bref, fi voftre Pere, apres fon decez a acquis le nom de G R A N D; Vous le furuiuant, & encor ieune, auez de la bouche & du confentement de tous, acquis, & par vne gloire incomparable merité cet augufte & diuin furnom de I V S T E; de forte, que comme la Iuftice, qui eft originaire du Ciel, fe fait remarquer par le concours & dependance des autres vertus, & ne les côtient feulement en foy, mais mefme les furpaffe de beaucoup, voire les regit à fon commandement; de mefmes par tant d'actions excellentes & memorables que vous auez tant & tant de fois fait paroiftre, de Iuftice incorrompuë, vous n'embraffez feulemét les vertus paternelles, mais mefme les furpaffez d'vn long interualle. Quelle efperance donc ne pouuons-nous conceuoir de vous, ô grand Roy, puis qu'en voftre âge vous furmontez voftre Pere, lequel auoit rendu les Princes non feulement de fon fiecle, mais de tout le paffé, fes inferieurs? Certes les exemples des chofes paffées,

don-

nent foy, par vn augure tres-certain, aux futures:
Viendra, viendra le temps, auec l'ayde de Dieu, que
vous souuenant du Bien-heureux S. L o v i s, vous
renouuellerez, d'vne affection pieuse, la guerre sacrée contre le Turc: Que Mahomet vaincu, chassé,
& renfermé dans les montagnes de Caucase & de
Riphée, & vous, ayant expié les Temples sacrez, y
restablirez deuotieusemét la Religion Chrestienne,
le pouuoir, & l'auctorité de l'Eglise, mais auec vn e-
uenement plus prospere, puis que toute l'Europe
vous saluera victorieux; que vostre France vous
dressera mille & mille trophées, & portera deuant
vous des palmes immortelles. Voicy, tous vos peuples font des vœux pour vostre salut, recommandét
au Ciel la prosperité de vostre Majesté; & certes à
bon droict: Car qui a iamais esté plus grand, ou plus
illustre, soit pour la grandeur de courage, soit pour
la dignité de la personne, soit pour l'authorité du
nom, soit pour la fortune, ou pour la vertu? Quelle
Cour de Roys a oncques esté plus frequentée des
Princes & des Grands? Et qui en cet âge par tant &
tant de triomphes heureusement acquis, a fourny
plus de subiects & d'arguments, aux beaux esprits,
de le loüer? Combien que de retour, vous ayez re-
fusé vne entrée triomphante en vostre ville de Paris, n'appetant ny la gloire, ny l'ostentation; neantmoins vn chacun se resioüit vous voyant en santé &
de retour, & parmy leurs exultations, ose d'vn con-
sentement reciproque, se promettre des temps meil-
leurs, & plus prosperes. Ores principalement que
vous auez preparé l'Ambassade de Monseigneur le
Mareschal de Cadenet en Angleterre celebre ambassade, tant par le nombre des Grands qui l'ac-
compagnent, que par le poids des affaires qu'il y

doibt traicter : Et que veillant par tout, vous allez
en Picardie, & y asseurez vne Prouince importante,
& proche de Paris, pendant que l'Allemagne voisi-
ne, s'eschauffe dans le bruit triste & lugubre des armes : Mesmes que vous reprimez les violents assauts
de la mer, qui par son impetuosité s'en alloit boule-
uersant Calais, & que par les digues necessaires que
vous y faites opposer, en auez non seulement em-
pesché l'entrée à cet impitoyable Element, mais l'a-
uez renfermé dans son sein ordinaire, par des ram-
parts plus forts. Que Dieu donc Tout-puissant vous
conserue en longue & heureuse santé, vous qui estes
imitateur de la Vertu de vostre Pere HENRY LE
GRAND, & de la Pieté de vostre ayeul S. LOVIS,
& IVSTE, qui plus est, par dessus tous les autres
Princes, à ce que vous puissiez long temps faire les
fonctions d'vn Roy tres-vaillant, tres sainct, & tres-
iuste : Car pendant que vous luisez heureusement
en ce monde, toutes meschancetez s'en retirent, &
en leur place nous promettent les Destinées, la paix
à l'Eglise, la paix au Royaume, & le repos au peuple ;
De mesmes que quand l'estoile fauorable de Iupiter
commence à luire, les autres fascheuses & malines
s'éuanoüissent, & nous influë cet Astre bening, par
vn aspect heureux, la serenité dans le Ciel, l'abon-
dãce en la terre, le calme & la trãquillité sur la mer.

SVR LA VERSION DV PANEGYRIC
DV SIEVR DE SAINCTEMARTHE.

CET Oeuure heureusement tourné
Merite que chacun l'admire :
Car DV IOVR sçait si bien traduire,
Que l'Autheur en est estonné.

N. RICHELET P.